白神山地 鄙の宿

土佐誠一

影書房

《目次》

写真＝鎌田孝一
鎌田孝人

白神山地　鄙の宿

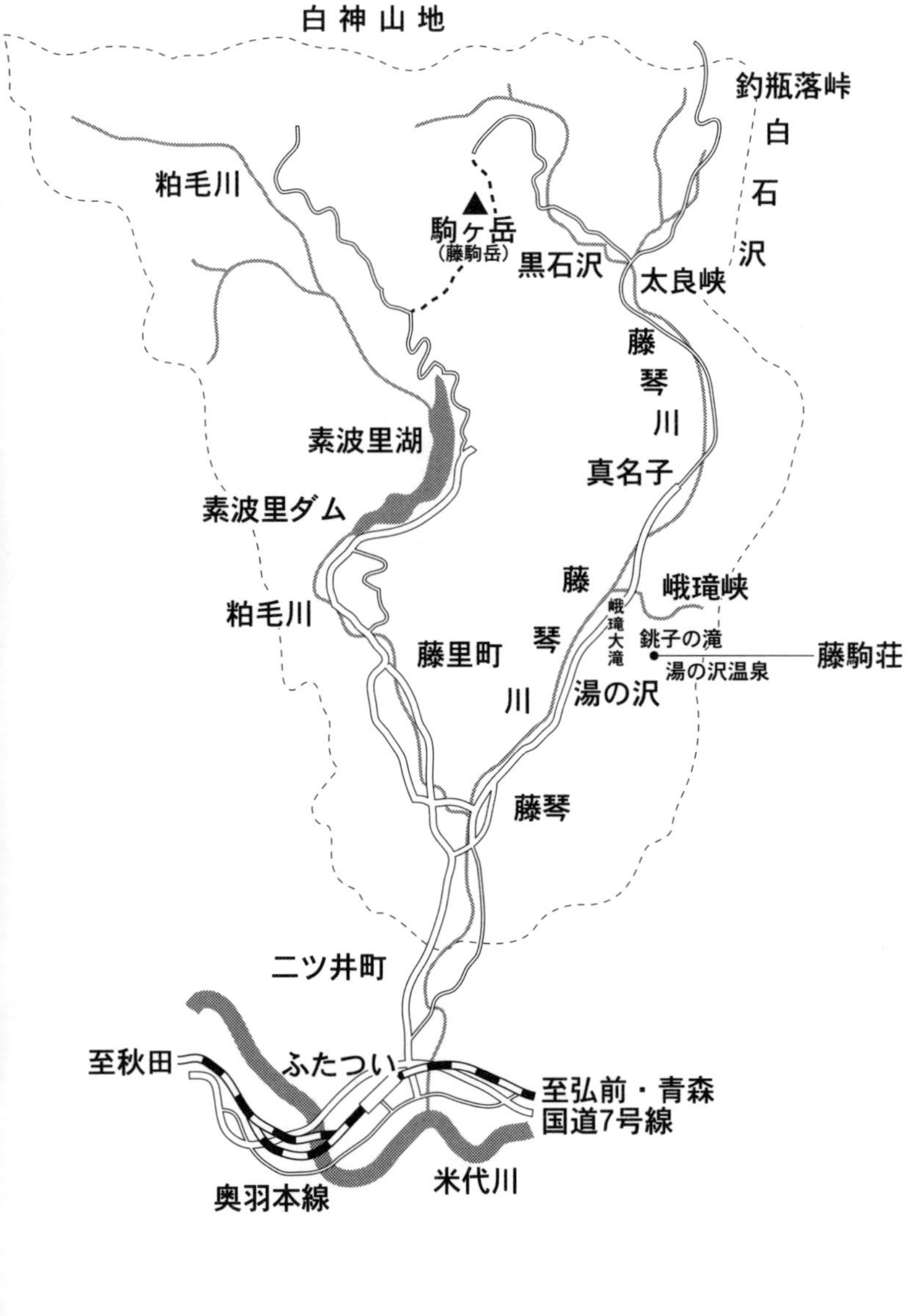
白神山地
釣瓶落峠
白石沢
粕毛川
駒ヶ岳
（藤駒岳）
黒石沢
太良峡
藤琴川
素波里湖
真名子
素波里ダム
藤琴川
峨瓏峡
粕毛川
峨瓏大滝
銚子の滝
藤駒荘
藤里町
湯の沢温泉
湯の沢
藤琴
二ツ井町
至秋田
ふたつい
至弘前・青森
国道7号線
米代川
奥羽本線

序章

ちょうどいまは黄葉だから、この宿の裏手にある銚子《ちょうし》の滝のカツラの木が綿菓子のように甘く香っているでしょう。その隣りの古い桜の大木は、祖父の土佐金吉《かねきち》が日露戦争にいくときに、無事に帰って来られるように祈りながら植えた桜ですよ。無事に帰って来られたお礼にもう一本植えたけれど、それはもう枯れてしまいましたな。だから、この桜は百年近くも花を咲かせてきたことになりますな。じいちゃんは死んでも、桜の木は生き続けているんですな。私も、孫たちのことを考えて木を植えてきましたが、小さな頃から、こうして自然に学んできたのかもしれませんな。

いまは白神山地のようなブナ原生林にしかいなくなったクマゲラも、昔はこの辺の里の栗の古木にも巣をつくっていましたな。フクロウも、キジもヤマドリも、みんな私らのそばで暮らしていたんですよ。スズメは虫も食べるが大切なコメも食べてしまうので嫌われていましたが、群れをつくって飛んでいました。ツバメは虫だけを食べてくれるので、農家では大事にされ、どこの家にもツバメの巣がありましたな。銚子の滝の洞窟にも、たくさんのツバメの巣があったんですよ。

春になれば薄黒色の野ウサギも、生まれたこどもといっしょに顔を出しましたな。十一月頃から毛の色がだんだんと白く保護色に変わっていくんです。昔はたくさんいたので「ヒコゴシ」というほそい針金でつくった罠《わな》で野ウサギを捕まえて食べた人もいるけれど、私は四つ足のものを捕るのはイヤでね。

夏になると、私らこどもはカジカやヤマメを獲ったものですな。カジカは夜になると動きが鈍くなり、流れのゆるやかな岸に集まっているんですな。夜、カンテラをかざして川にいき、モリで突いて獲りました。ヤマメを獲るには、二、三人のこどもで川をはしゃぎまわるんですが、びっくりしたヤマメが大きな石の下に隠れるのを見計らって、左右から手をのばして手づかみするんですな。友だちどうしで競争して獲ったものですが、五、六匹獲れれば大喜びというふうでした。

昔は、長い旅を続けて鮭《さけ》や鱒《ます》が生まれた川に戻ってきましたな。五月頃に獲ったものがおいしかったですな。ただ、多くは獲らない。卵を産むために、いのちがけで帰ってくるんだからね。数十年も前からコンクリートの堰堤《えんてい》ができたために、いまは魚たちが帰ってこられなくなりました。

馬や牛は、昭和三十年代くらいまで、山や田の仕事を長年してくれた生きものですな。伐っておいた丸太を冬に運び出すのも、春、田んぼの代《しろ》かきをするのも、力仕事はみな馬や牛と一緒にしたものです。私らこどもの仕事は、代かきのために馬や牛の鼻先を引いて誘導する「ハサトリ」でした。馬は大きくて賢いので、小さなこどもだと馬鹿にされるんです。早く上手になって馬鹿にされないようにとがんばりましたな。

　そして、馬や牛が働けなくなると感謝しながら食べて、いのちを受け取ったわけですな。だから、働く馬のいなくなったいまでも、この辺ではフキの煮つけの肉といったら馬肉なんですな。牛もまたそういう生きもので、糞は堆肥としても重宝がられました。牛の臓物《もつ》は「モヒン」と呼ばれ、私らはいまでもよく食べていますよ。

　鶏も昔はどこの家でも放し飼いにしておって、卵を産めなくなると潰して食べましたな。堅いケヤキの木でつくった鶏専用のワッパまな板で、骨を鉈《なた》で叩いてダンゴにして、一日コトコト煮てダシをとりました。新米がとれた頃、キリタンポにして食べるのがいちばんの御馳走《ごちそう》でしたな。臓物も豆腐と一緒にかやき鍋にしたりで、一羽丸ごと捨てるところなく大切に食べたものですな。

　ホタルも、このあたりにはいっぱいおったものですよ。夏の夜は綺麗なものでしたな。こどもの頃は、寝る前にカヤのなかに何匹もホタルを入れて楽しんだりしてね。人間もホタルも一緒でしたな。ホタルは自然環境のバロメーターですな。ホタルがいなくなってしまったのは、川の護岸工事のコンクリート化や農薬のせいでしょうな。農薬の空中散布をやるようになってからは、致命的でしたでしょうな。ウチに来るお客さんのなかには、農薬の空中散布に抗議したり、怒ってしまう方もおりましたな。また、これも最近の話ですが、ウチの裏を流れる渓流からホタルが飛んできて、部屋の窓にとまってくれたと言って大喜びしていた東京からの女性のお客さんがおりましたな。昔みたいにホタルが増えてくれればいいですな。

第一章

ふるさとのこと

白神山地は北東北の秋田・青森県境にまたがるブナ原生林地帯ですが、私どもの住んでいるところはその核心地域の南東、秋田県側の山麓の藤琴《ふじこと》川の辺《ほと》りです。秋田県山本郡藤里町《ふじさと》というところですが、町村合併前の藤里町は藤琴村と粕毛《かすげ》村という二つの村でした。この二つの村は、白神山地から流れてくる二つの川の流域に沿って成り立っておりました。

つまり、東側を流れる藤琴川の流域が藤琴村、西側を流れる粕毛川の流域が粕毛村ということで、わかりやすい地域だと思いますな。この二つの川は町の中心部の藤琴で合流して、さらに下っていって二ツ井《ふたつい》町で米代《よねしろ》川に合流して能代《のしろ》の日本海へそそぐわけですな。

昭和三十（一九五五）年にこの二つの村は一緒になったわけです。藤琴村の「藤」と、粕毛村の奥の方に素波里《すばり》という渓谷があって、いまは素波里ダムがありますが、その素波里の「里」をくっつけて「藤里村」という命名になったようですな。村から町になったのは昭和三十八（一九六三）年のことです。

春になると藤の花が山のいたるところに紫の花房を咲かせるところでもありますから、「藤の花咲く里」という印象をもっておられる方も多いでしょうな。昔はすぐ隣り合っている村でも、一般の人たちはあんまり日常的な付き合いはなかったですな。村社会というのは、それほど閉鎖的であったということでしょうかね。私のこどもの頃は、粕毛村の子どもたちと行き来したりということはまったくなかったですよ。自分の住んでいる狭い範囲が都《みやこ》であり、世界であったんでしょうな。いまと違って電話もなければ、交通手段もなかったですからね。

交通手段というのは、もっぱら歩きですな。あとになると木炭で走るバスが現われますが、それまではただ歩くだけですよ。冬は馬橇《ばそり》ですな。営林署の森林軌道が走っておりましたが、それは伐採した木材を運ぶ専用の路線であって、私らは曲がりくねったほそい道路をひたすら歩いておっただけですな。

すぐ家の前を藤琴川が流れていますが、昔は二ツ井から川舟がのぼってきたもんですよ。堰堤もなかったしね。川舟がのぼってくるということは、渇水期でも水量が豊かだったということですな。それだけ山には木がまだたくさんあったということでもありますな。昔はかなり雨が降っても、川の水は簡単には濁ったりしませんでしたからね。いつも澄んで綺麗な水でしたよ。

昔は奥山へいかなくても、こんな里山でも雑木林がもっとひろがっていましたからな。この辺の林でも、目に見える範囲のほとんどは雑木林でしたよ。個人の持ち山には杉を植えましたが、雑木林は炭をつくったり、薪をつくったりする必要があったから、それなりに価値があった。だから、ナラだのカエデだのブナだのといった広葉樹の雑木林が色とりどりに混ざり合ってひろがっておった。いまでは里山は、めっきり雑木林が少なくなってしまいましたな。

白神山地というのは、一千メートル級の尾根が日本海の海べりまでつらなっておる山脈《やまなみ》ですが、その東の内陸の方ですな、藤駒岳《ふじこまだけ》（駒ケ岳）というのは。このあたりでは一番高い岳《だけ》で、標高は一一六〇メートルほど。登山する人たちはウチに泊まって、藤琴川に沿った林道を登山道の入口まで車でいき、登山道の入口から登って、日帰りで戻ってくるというルートですな。途中、湿原があったりして、なかなか人気があるらしい。

昔は登山なんかする人はおりませんでしたな。藤駒岳というのは、この辺では春になっても最後まで雪をかぶっている岳だから、農作業を始めるための暦みたいなもので、農事暦ですな。どこでもその地域で一番高い山というのは、山麓の人たちにとっては農事暦ですから。藤駒岳は遠くから見ると、春の雪渓が馬のかたちに見える。その雪渓を観察して、農作業のしたくをする。昔はどこの農家にも馬や牛がおって田んぼを耕しておったですから。そういう生活の山ということですな。

生いたち

私は大正十五（一九二六）年十一月二十八日、当時の藤琴村湯《ゆ》の沢《さわ》に生まれました。この年は十二月二十五日に大正天皇が亡くなったので、あわただしい年の瀬に昭和の年号に改元された年でもありましたが、戦争の時代でした。

父親の長治郎が軍隊手帳を遺していたのでわかるんですが、大正十年十二月二十日に弘前の第八師団歩兵五十二連隊の補欠兵として、青森港から初めて中国大陸へ出征したようです。ついで、昭和十二（一九三七）年九月九日に動員令が下り、秋田の第十七連隊の一兵卒として当時の「北支」ですから、いまの中国の河北省へ出征していきました。昭和十二年というのは、七月に盧溝橋《ろこうきょう》で日中両軍が衝突した、いわゆる「北支事変」――あとで「支那事変」と命名されましたが――の年でした。父親は負傷したり戦死することもなかったのですが、中国大陸とこっちを行ったり来たりで、家のことは母親がひとりで苦労しておったと思いますな。

私は三人兄弟の長男になっておりますが、じつは私が生まれる前にもう一人、男の子が生まれておったようですな。生まれて間もなく亡くなってしまったらしい。それで私は三人兄弟の長男だが、母親はじつは四人の子どもを生んだことになる。そういうことは、ずっとあとになってわかることなんですが、子だくさんで貧しかった当時としては、別に珍しいことでもなく、どこにでもある話ですな。

当時の湯の沢地区は戸数十六戸。今でも十三戸なので、ほとんど変わっていません。ほとんどが零細農家ですな。私の家は、昔は四反歩（四〇アール）ほどの田んぼがあったようですが、火事で家が焼けてしまったことがあったらしく、それで二反歩を切り売りしたので、残ったのは二反歩ということとでした。まったく別格ですが、当時の藤琴村で一番の地主が七十町歩（七〇ヘクタール）。この湯の沢地区では、一軒だけ一町二、三反歩の田持ちというのがおったんですが、そういう家は破格でしたな。たいていの家は小作だったり、ほんとうに小規模な零細農家なんですよ。

電気が湯の沢に引かれたのは昭和六（一九三一）年だったと思いますな。でも十六戸全戸というわけにはいかなかったですな、貧しかったですからな。電気を引いても、昼の間は送電してもらえなかった。だから、丸い電球に灯りが点《つ》くのは夕方の六時ごろからだったと思いますな。冬はもう少し時刻は早かったですが。この地区でも、奥小比内《おくこびない》という山のなかの集落なんかは戦後でしたよ、電気が灯ったのは。

農村というより、ここは山村ですからな。山の傾斜地に小さな猫の額ほどの田んぼを段々につくっている、棚田《たなだ》の風景でしたよ。いまのような景色になったのは、戦後、ブルドーザーが導入されて土地改良事業をやるようになってからの風景で、昔はこの辺は棚田でしたよ。しかも山の冷たい水でコメづくりをしたって、まあ一反歩から三俵ぐらいの収量でしたな。いまと違って化学肥料というものもなかったからね。

だから「若勢《わかぜ》」といわれる二、三男たちは、大きな農家なんかに年季奉公にいくわけだ。その働きぶりをじっくり見てもらって、一年間に一人前として一石《こく》のコメをもらう。一石は二俵半だから一五〇キロ。昔は「一升飯《いっしょうめし》を食らう」といって、大食漢のように聞こえるだろうが、朝から晩まで働くばっかりだから、とにかく腹が減る。一食三合のコメはおかずさえあれば食えるんだな。だけど、おかずが乏しいですから、そんなには食えない。

ちょうどよく、ほどほどの食事になるわけです。

食卓のおかずというのは、戦前は樺太《からふと》漁業があったから、鯡《にしん》、鮭《さけ》、鱒《ます》は食っておったですね。無論、いまからしたら塩分が濃厚で、かなりしょっぱい。しょっぱいから飯《めし》が食えるんですな。あとは味噌汁と漬け物だけですよ。いまの若い人たちが見れば珍しいというか、異様だろうと思うのは、納豆の作り方ですな。大豆を苞藁《つとわら》に入れて、生ゴミなんかで堆肥を作るために畑に積んである小山のなかに突っ込んでおくんですよ。堆肥というのは発酵しておって温かいから、納豆が自然に早くうまくできる。昔は母親がそうして苞納豆を拵《こしら》えておったですよ。いまの若い人たちには、そんな食べ物の作り方というのは想像もつかないことでしょうな。

こども時代のこと

藤琴村には四つの小学校がありました。藤琴《ふじこと》、大沢《おおさわ》、坊中《ぼうちゅう》、真名子《まなご》ですな。私どもは坊中小学校に入学しましたが、この小学校は児童数が少ないということで、つい先年、廃校になりました。大沢や真名子小学校は廃校になって何年にもなります。坊中は明治十（一八七七）年に設置された小学校だということですが、私は昭和八（一九三三）年の入学で、二十二名の同級生がおったと思います。ですから、六学年として、当時はこの地区だけでも百二十人以上のこどもたちがおったということですな。

当時のこどもたちというのは、いまのこどもたちと違って、受験ということもなかったから、学校の勉強というのはあんまりしなかったと思いますな。私なんか勉強したことなんかないですな。家の仕事を手伝ったり、山や川という自然のなかでよく遊び回っておっただけですな。田植えや稲刈り時期なんかは、女の子は半数も学校に出てこれなかったですよ。幼い妹や弟たちの子守りをさせられるからですな。仕事に教えられたり、自然のなかで教わるんですすな。いまのこどもたちとは、まるで逆でしたな。時代環境の違いということでしょうかね。

ここの銚子の滝の上の方には放牧場があったんです。湯の沢では各農家に牛か馬がおったですから。堆肥づくりのためと、田んぼを耕す労働力として飼っておるんですが、ウチでも私が五歳になるまでは牛を飼っておりましたよ。それで夏のあいだは牛や馬を放牧場に連れていって放すわけですが、それがこどもたちの仕事であると同時に、そこが遊び場でもあったですな。

山野というのは食べ物の貯蔵庫みたいなものですから、遊びながら食べるものを探すわけですすな。五月は山イチゴ、黄イチゴですな。この黄イチゴは宝石みたいに綺麗なんですが、粒がもろくてくずれやすいから、入れ物としてアルマイト弁当箱を持っていって採るわけです。夏はクワの実、秋はアケビやコガ、山ブドウやコハゼとかですな。アケビなんかその辺の里山にいくらでもあったですよ。まるでバナナの房みたいに大きくてね。

昔はどこの家でも柿や栗を自宅の周りに植えておったものでしたな。渋柿は干柿をつくるためですな。胡桃《くるみ》の木を植えておった家もありますが、このような木の実や果実は貴重な食糧でしたから。食糧が不足すれば肩身の狭い思いをすることになりますからね。

山菜や茸《きのこ》なんかでも、いまみたいに売ったりするほど採るわけではなかったですな。コゴミ、アイコ、ボンナ、シドケ、ワラビ、ゼンマイ、フキ、ミズ、どんな山菜でも自分の家で食べる分しか採りませんな。これは自然の恵みで、自然からの賜物《たまわりもの》なんですから。来る年も来る年もこうしたものでいのちをつないでいくわけですから。どんなものでも根こそぎ採ったりしたらなくなってしまいますからな。

昔はいまみたいに深い奥山まで入っていくことはなかったですな。こんな里山でも山菜や茸はいくらでもあったですからね。自分で食べる分だけあれば、何も深山幽谷みたいな奥山まで入っていく必要はなかったですからね。いまでは里山も奥山もだいぶ荒れてしまったでしょうな。

ここのすぐ近くに町のスキー場がありますが、昔はあそこはワラビ山みたいなものでしたな。いまはさっぱりなくなってしまったでしょうが、小学生のとき、父親と弟と三人でワラビ採りにいったことがありましたな。ワラビを採って帰ろうという頃、弟の姿が見えなくなっていることに気づいて、父親も私も青くなって山を探したことがあったですよ。見えない筈《はず》なんですね、ワラビを採って入れ物にする飼料袋を持っていったんですが、弟はそのなかにすっぽり入って眠っておったですな。私が小学三年生で、弟が一年生のときでしたな。のんびりしておった時代でしたな。

立川陸軍航空廠

小学校は尋常小学校六年と高等科二年を終えて、昭和十六(一九四一)年三月に卒業したんですが、私はその年の七月に東京の立川の陸軍航空廠に志願していきました。小学校を卒業する前に学校に募集がきておったんです。だから、志願とは言っても、学校の先生が目星をつけておいた生徒に、「どうだ、いってみないか」というふうに勧めるんですな。それで同級生と二人でいってみることにしたんです。

そのときは、もちろん歩いて二ツ井駅までいき、汽車に乗って、秋田県庁までいきました。そこから県庁の職員が東京の立川まで連れていってくれました。もちろん東京というところは、このときが初めてでした。立川というのは当時、飛行場があったぐらいですから、かなりの郊外でしたな。風の強いところで、土埃《ほこ》りが立つと、太陽が見えなくなるほどでしたな。

立川陸軍航空廠というのは技術養成所のようなもので、最初に試験がありましたよ。一緒にいった同級生はこれに落っこちてしまって、宇都宮の方へ配属されていったですな。私は合格して仕上科に配属されました。最初にやらされたのは蝶番《ちょうつがい》づくりでしたな。ほかにもヤスリがけとか、板金、溶接、何でもやらされましたが、結局は航空機の部品づくりを手がけるまでに養成されるわけですな。農家で人間よりも何倍も働く馬が大切にされたみたいに、戦争中は飛行機が人間より大切にされていましたな。

勉強の方は英語もやらされましたよ。だけども、三年ぐらいしたら、英語は使用するなと言われましたな。航空機の部品をつくる機械工なんだから、英語を使うなと言われてもねえ。おかしなもんだと思いましたよ。

養成所には卒業式というものがあって、昭和十九（一九四四）年二月二十二日でしたな。そのときの写真がいまもありますが、卒業式には当時の商工大臣だったか、岸信介が来て、食卓に一同勢揃いして会食しましたな。メニューはもちろん特別で、キンキの焼魚、クジラの焼肉が出ましたな。その会食前に鍋島という部隊長の訓辞があって、キンキの焼魚は片側だけ食ったら、あとは裏側をひっくり返したりして食ってはならないと言われましたよ。まあそんなことお構いなしに、ひっくり返してみんな食ってしまいましたけどね。御馳走でしたからねえ。

昭和十八年秋に一度、祖父が亡くなった折りには休暇をもらって帰郷しましたな。当時は祖父の金吉が戸主でしたから。さらにもう一度帰郷したのは昭和二十年七月でしたな。昭和二十年というのは、もう戦局はダメだったんですな。その春の三月十日の東京大空襲というのは、立川からも見えたですよ。新宿方向の空が赤く見えましたからね。

同僚のなかには、自分で部品をかき集め、手づくりでラジオを作ってしまった者がおったですな。こいつは凄い技術屋でね、夜中に毛布をかぶって、ごそごそと何をやっているのかと思ったら、ラジオを作っておるんですな。それで、その手づくりラジオでこっそりと短波放送を聴くと、アメリカ軍の日本語放送がかすかながら聴こえるんですな。ですから、日本が敗けるというのは、昭和十九年になると、うすうすわかっておったですな。

個人的には、叔父の土佐伍三郎（父親の末弟）が当時、陸軍省人事局に

おって、たまに立川まで面会に来てくれたんですが、ひとには言うなと言っておりましたが、「もう戦争はダメだ」と教えてくれたですね。立川も四月から五月にかけて何度も空襲を受けました。七月には工場が爆弾で直撃されて、そのときは長野県出身の同僚が防空壕から外へ出た折り、亡くなったですな。

工場が目茶苦茶にやられたものですから、仕事にならないわけですよ。それで一週間の休暇を与えるという命令がありました。空襲で焼け出されたわけですから、何ひとつないんです。それで身のまわりの品を取り揃えるためにやっとの思いで帰郷して、ひと息ついたようなものですから、私は幸運な方でしたでしょうな。

その折りでしたが、同じ湯の沢で私より一歳下級生の土佐清美さんが出征するところでした。たぶん彼は藤琴村の最後の出征兵士になってしまったと思うのですが、たまたま帰郷していたので私も振る舞い酒に呼ばれましたな。複雑な気持ちでしたよ。是非にと言われて振る舞い酒に呼ばれて、翌日には見送りについていったのですが、それで一日だけ立川へ戻るのが遅れて、ひどく叱られましたな。ところが、遅刻したのは私だけではなくて、二、三日も遅刻したのがほかにもおりましたから、もう厭戦《えんせん》気分というか、綱紀というのはかなり緩《ゆる》んでおったんでしょうな。

私にしたところで、秋田連隊区司令官名で「右現役兵ニ徴集シ左ノ通入営ヲ命ス」という令状が湯の沢の自宅に来ておったというんですよ。そういうものは当時は戸主宛に送られてくるわけですな。ところが私は立川にいるわけだから、それを知らないでいるわけですよ。帰郷した折りに初めて知ったことで、もう当時は、そうした通信事務なんかも混乱しておった部分もあったかもしれませんな。父親も私もそのまま捨て置きました。私は立川に戻ったまま召集に応じなかったわけですから、令状はいまも私の手元にあります。

昭和二十年の春先のことですが、工場の向こうの飛行場の外れに五、六機の戦闘機が置かれてありましたな。ところが、いつ見てもそこに置いたままで、飛ぶのを見たことがなかったわけです。それで同僚とこっそり近くまで見にいったんです。そうしたら、それはベニヤ板で拵《こしら》えたハリボテの飛行機でしたな。

私どもには米軍機の分捕り品なんかも回されてきて、分解してみたこともあったんですよ。たとえば、ガソリンタンクの外回りなんかには厚さ五センチの生ゴムが施されておりましたな。機関銃の銃弾が命中しても、生ゴムに沈んでしまって、油タンクまで貫けない仕組みになっておるんですな。そういう念の入った技術には驚いたですな。

特攻隊機の整備もやらされましたな。爆弾の取り付け金具や機関砲の取り付け金具を点検したりするんですが、桜隊と玄武隊の特攻機でした。立川を飛びたって、九州までいくんですな。そして九州の基地から沖縄特攻に飛んでいくわけですな。私どもと同じような年恰好のまだ若い飛行機乗りたちです。整備しておって、複雑な気持ちでしたな。特攻機というのは帰還できないから。彼らは本当に頭も体も優秀な者たちでしたからな。もったいない人たちでしたな。昭和二十年のこれも春先だったですな。

敗戦と帰郷

敗戦の日の八月十五日は工場で同僚たちとラジオで玉音放送を聴きましたが、そのときはさして感慨はありませんでしたな。「戦争に敗《ま》けたんだな」ということを思い知らされたのは、その五年後、昭和二十五年に東京へ出る機会があって、立川まで脚を延ばしたときでしたな。進駐軍のアメリカ兵相手の女たちが街にうろうろしておったですな。立川の飛行場には米軍機や戦車や軍用トラックがひしめいておったですよ。朝鮮戦争に動員される国連軍ということなんでしょうが、まあはっきり言ってアメリカ軍ですな。あんまり凄い光景なもので、写真を撮ろうとしたところ、見つかって叱られましたな。そのときですよ、「ああ、戦争に敗けるということはこういうことか」ってはっきりわかったですな。

昭和二十年の八月十五日以降、はっきり日付が思い出せないんですが、たぶん八月二十日頃だったと思うんですよ、家に帰ったのは。帰郷に際しては、一人当たり三〇キロのコメが配給されましたな。私は早く帰された方だと思いますが、コメはそのとき同僚に置いてきました。ウチでは精米業をやっておったので、家に帰れば何とかなると思っておりましたから。

立川から中央線で上野まで出て、朝でしたよ、上野を発ったのは。周りの風景は焼野原なのに、鉄道だけが無傷でちゃんと動いておるのには感心しましたな。上越線回りで帰って来たんですが、汽車はひどく混んで、身動きならなかったですな。新潟の長岡はまだ煙がくすぶっておったのが印象に残ってますな。

二ツ井駅に着いたのが夕方でしたな。家まで十二、三キロでしょうか、暗くなった夜道をひとりで歩いて帰りました。家には父親と母親、それから弟ですな、三人がおって迎えてくれました。

「国破れて山河あり」とはよく言ったもんですな。東京は焼野原になって、どこの都市も空襲で焼かれたんですが、ふるさとの自然は山も川も、戦争なんかなかったみたいに、少しも変わるところがないんですな。このあたりの風景は、山も川も木も、同じところに同じようにしてあって、懐かしいような気持ちになりましたな。敗戦後の当時は、自然というものに慰められたり、励まされたりしたという人は、結構たくさんいたと思いますな。自然が人のこころを癒すというのは、実際にあり得る本当のことだと思いますな。

第二章

精米業を継ぐ

藤里には当時、三軒の精米屋があったですな。大沢に一軒、藤琴に一軒、そしてウチですな。ウチの場合、山師をやっていた父親が昭和七（一九三二）年より精米業を始めたものです。ところが、父親は戦争で中国大陸とこっちを行ったり来たりですから、精米作業はほとんど母親がやっておったと思いますな。昔の精米機械は灯油エンジンの発動機でしたから、父親が不在のあいだ、母親は機械を動かしたりするのは自分ひとりだったですから、苦労しておったと思いますな。

母親はハルと言いましたが、ここから三、四キロほどの金沢集落の農家から嫁いできました。なかなか厳しいひとでしたが、苦労人でもありましたな。父親は昭和二十四年に四十五歳で亡くなりましたが、その前に、昭和十八年に中風《ちゅうぶう》に当たっておって、脳梗塞ですな、酒を飲まない人でしたがね。ですから母は、田畑や精米業を一人でこなしたうえに亭主の世話もしなければならず、大変だったでしょうな。

それで私が精米業を継いで、戦後の食糧難のときなんかは助かったですな。配給は玄米できましたから、それを七分づきに精米するわけですな、まったくの白米ではなく。お上《かみ》の方から七分づきにするようにという指示がくるわけですな。白米にしてしまうと栄養価も量も減るからね。東京や都市の方では戦後の食糧難のときは大変だったろうが、こっちの方ではそれほどではなかったですな。何がなくても田んぼや畑がありますから。自給自足の基盤があるということですな。

精米業のほかに製粉業も手がけましたよ、終戦後の食糧難のときから。精米の発動機があるわけですから、道具さえあれば何でもできるわけです。

ひとつは「澱粉作り」と称して、カタクリ粉を作るわけですな。これは生のジャガイモを洗って、くだいて、その汁からカタクリ粉にしてしまう。昔のジャガイモはいまのものと違ってすぐ腐ってしまうものだから、保存がきかない。だから、カタクリ粉にして保存するわけですな。

ヒエやアワも製粉しましたな。これも終戦後二、三年のことですが、ヒエやアワというのはボロボロして食べづらいですから、製粉してコメと混ぜて食べるわけですな。そういうことは食糧難をしのぐためにやったことですが、ソバの製粉は昭和四十（一九六五）年のあたりまでやっておったですな。ソバは当時、この辺でも作っておったですから。これは金網の選別と発動機による振動の具合が難しいのですが、まあ道具さえあれば何もやってできないことはないですな。

人間の食べ物だけでなく、牛に食わせる飼料も作りましたよ。これは大豆の殻《から》を粉砕するんです。それを米糠《こめぬか》と混ぜ合わせて飼料にする。ここの近くの滝の沢地区の峨瓏峡《がろうきょう》には終戦当時、営林署の森林軌道があって、四、五頭の牛にトロッコを牽《ひ》かせておったものです。二年くらいのものでしたが、その牛たちにこの飼料を提供してやったですな。

妻のこと

結婚したのは昭和二十五（一九五〇）年二月一日です。嫁さんは成田エミという名前で、藤琴の近くの鳥谷場《とやば》というところから、雪のなかを馬橇に乗ってやってきましたな。馬橇が雪道で揺れ、嫁さんが家についた頃には酔ってしまって具合がわるく、気の毒だったことを覚えています。私とは六歳違いですから、まだ十八歳だったと思います。

当時は披露宴は自宅でやったもんです。だから、お膳も二十人から三十人分くらいは準備してありましたな。冬場なので、塩漬けにしていた山菜料理、よせ豆腐、地鶏料理と、いまからすればささやかな宴でしたが、集落の料理名人のかあさんたちが腕をふるってくれました。清酒は高級だったので御神酒《おみき》程度、あとはどぶろくでしたな。酒を手づくりすることは禁止されていましたが、見つからないようにどこでも作っていたんです。

結婚式の二月一日は親戚三十名、翌二日は取引関係の営林署から二十名、翌々日の三日は食糧事務所の方々、最後の四日は嫁さんの付き合いのある女性ばかりと、四日間お披露目は続きましたな。その間、ずっと泊まっているる方もおりましたな。当時は披露宴が一週間も続くところもあったもんです。だから、女の人たちはずいぶん大変だったですな。

私はかあちゃんのことはまったく知りませんでしたな。おととし、六十七歳で亡くなりましたが、自分のことはまったく語りたがらないひとでしたので、少女時代のことは亡くなる直前に話を聞くまでは知らなかったですな。こどもの頃から、とても苦労したらしいですな。

かあちゃんは九歳頃、中国大陸の「北支」へ渡ったようですな。父親が軍属で連れていったらしいんですな。ところが、大陸で母親が亡くなってしまった。姉もまだ小学生だったから、父親は世話することができないというので、戦時下、小学生の姉とエミの二人は人の世話で日本へ帰ってきた。どんなにか心細かったことでしょうな。不幸は重なるもので、翌年、父親もまた大陸で亡くなったそうです。父親のふるさとは二ツ井なんですが、姉と妹は別べつの親戚に預けられて、離ればなれになっておったようですな。妹のエミは二ツ井ではなく、藤琴の鳥谷場の親戚に預けられたというわけですな。

ですから、かあちゃんはこどもの頃から苦労の連続ですな。そういう運命だと、こどもでも、食っていくためには自分で働かなければいけませんからな。小さなこどもが甘えることもできずに、悲しい気持ちに押しつぶされそうになりながらも、歯を食いしばって働き続けたんですな。家を離れた病院でひとりになって、辛いこども時代を思い出したんでしょう。でも、こういう話はかつて聞いたことがなく、六十七歳で亡くなる前にぽつぽつと涙をこぼしながら話すのを聞いて、初めてわかったことですな。

夜を日に継いで

かあちゃんは生活は楽ではないと思っておったでしょうな。農業と精米業とはいっても、規模が小さいですからな。それで農繁期には他の農家の農作業の手伝いにもいったり、農閑期には道路工事なんかの日雇いにも出かけたりしておったですよ。日雇い労働というのは、女でも男と同じ肉体労働をするわけですからな。これはきつかったと思いますよ。働かないで休んでいるという日は、ほとんどなかったでしょうな。それでも愚痴《ぐち》がこぼれないというのは、やはりこどものときから両親がいなくて親戚に預けられて、苦労してきたからかもしれませんな。ただ、生まれて初めて自分の居場所ができたことは支えになったと思いますな。

娘が二人生まれました。長女の由紀子は昭和二十六(一九五一)年生まれで、次女の明子は昭和三十年生まれですが、二人が生まれたあとも、育てていけるかと不安に思っておったらしいですな。女性がこどもを背中に背負って働くことがふつうの時代でしたから、どこの家でも同じようなものでしょうが、食っていくのがやっとで、よく働いたものですな。

かあちゃんと二人で一生かかって二町歩(二ヘクタール)の山に四千本の杉の木を植えましたな。その辺の里山を少しずつ買って、少しずつ植えて増やしていったわけです。ひとくちに木を植えるとは言っても、まずは下刈りをしなければなりませんからな。ブッシュを刈り払うわけですな。それから、車のない時代でしたから、苗木を山まで担いで登っていくわけですな。植林も一本、また一本とまったく手仕事ですからな。植林が終わってからも、除伐、つる切り、枝切り、それから間伐というふうに作業は続きますから、これはやはり一生かかる理屈ですな、かあちゃんと二人

がかりで。

娘たちが成長して秋田市で生活するようになってから、その木を伐り出してやって、少しは役立ちましたかな。残りのほとんどの木は、孫たちの時代に役立つのでしょうから、木というのは三代かかりますな。

山腹に自噴する温泉

藤琴村と粕毛村が合併して「藤里村」になったのは、昭和三十（一九五五）年のことでしたが、当時このあたりでいちばんの大事は水害で、昭和三十三年の大水害というのは決定的でしたな。このときの大水害で太良《だいら》鉱山は廃鉱に追い込まれたし、森林軌道も廃止されたですな。もちろん、このあたりの民家もあらかた水びたしになったですよ。長いあいだ、都市からの需要で天然杉を無尽蔵に伐り尽くし、自然のダムである広葉樹の森を針葉樹の植林杉に変えていった結果、山に保水力がなくなってしまい、水害が大きくなっていったのでしょうな。
その後のことですな、かあちゃんが家のうしろの山の中腹から自噴している温泉のことを話すようになったのは。山から落ちてくる銚子の滝という十五メートルほどの滝があって、滝口のあたりにお不動さんが昔からあった。そして、滝の傍らを登っていくと、これも昔からのお薬師さんがあったんです。どっちも昔は祠《ほこら》や庵《いおり》みたいなものが建っておった程度ですが、温泉というのは古くから自噴しておったんですな。

やよひの十二日　平山（太良鉱山）にいかんとて、やどのあるじ加茂屋なにがし、くすし山田なにがしなどにいざなはれいでて、藤の権現のもり、うちとの神籬（神明宮）など、としへたる木々立り。馬坂を越えて高石沢のやかた、市（一）の渡なる、菅大臣のみやどころ（天神社）のあたりへわたらんに、柴橋の面に組《グミ》とて、綱のごときもの二筋ひきはへ、しいて通ふ。杜のさくらも、やがて咲べうけしきたちぬ。湯の沢とて湯の泉あれど、ひやゝかなれば、夏ばかり人の来て浴してけるやかたの、軒をつらねて、人なくあばれたり。めてなる杜に薬師如来の堂あり。弓手に、不動明王の堂ありけるに入て見れば、滝の、岩をはなれてたかく落かゝり、こなたのいはねまではひのぼりたる藤の、いくばくとしをかへぬらんかし、風情ことに、たきのいとおもしろし。

（菅江真澄「しげきやまもと」）

二百年ほども昔、三河《みかわ》の国からきた旅人の菅江真澄が、太良鉱山を見物にいこうとしてここを通りかかったとき、湯の沢温泉に立ち寄ったという記録がありますな。それがここですな。ですから、真澄が来る百年も前からここの温泉は知られておって、露天ぶろとしてこの辺の人びとに利用されておったと思いますな。三百年前から太良鉱山の湯治小屋があって、露天ぶろとして栄えたという話がありますからな。

太良鉱山はひとつの都市みたいなところでしたでしょうから、太良鉱山で働く人びとの湯治場としても、女性の産後の養生の温泉としても使われておったみたいですな。ここはもともと湯の沢という地名でもあったし、何も「新発見」というのではないのですが、もしかすれば「再発見」ということになりますかな。

いずれにせよ、かあちゃんが言い出したことなんです、あの温泉を使えないものかと。温泉を財産にしておけば、将来、何かの助けになるかもしれない、というような気持ちだったんだと思いますな。昔から婦人病や皮膚病、リウマチに効くといわれておったですからな。弱食塩泉という泉質ですな。温度は当時は三十八度、いまは四十度ですな。菅江真澄も「ぬるめのお湯だ」と書いておりましたな。夏場はちょうどいい湯加減ですが、冬場はボイラーで追い焚きして温度を上げてやらなければいけません。泉質がツルツル、スベスベしておりますし、ぬるま湯のようでありながら湯ざめしないで、湯からあがってからも体がいつまでもポカポカしておりますな。そういうことは昔の露天ぶろの時代からわかっておったことですな。温泉のほかに、玉髄《ぎょくずい》も出ますな。これについても菅江真澄は「馬脳《めのう》」ではないかと書いておったですな。温泉とどういう地質の関係があるのかわかりませんが、この玉髄は磨くと赤や緑の色が綺麗ですな。秋田市のほうから石材業者がやってきて、車で運び出していった時代もありましたな。宝石づくりでもしておったんでしょうな。

第三章

手づくりの温泉宿

「藤駒荘《ふじこま》」を開業したのは昭和三十九（一九六四）年七月一日でしたな。でも、開業にこぎつけるまでが大変でしたな。ひとつには、温泉が自噴している山はすでに父親が買っておって、母親の名前で登記しておったんですが、温泉は昔から地元の人びとに露天ぶろとして利用されておったものだから、厄介なことに、その公共性をもって町役場が介入してきたんですな。それで町役場とのあいだでいろいろあったんですが、かあちゃんが思い余って単身、県庁へ出かけていって掛け合った。鉱務課にでもいったんでしょうかな。

土地の登記はとっくに済ませておって、所有権はこっちにあるわけだから、わざわざ県庁までいって掛け合う必要もないことなんでしょうが、結局は県のほうでも温泉は私どものものだと認めてくれたことで、やっと温泉宿をやることができるようになったわけです。ところが、手持ちのおカネがあったわけではないから、何をするにも業者を頼むわけにはいかない。何でも自分たちの手でつくっていかなければいけないわけですな。

何もかも、かあちゃんと私の二人の手仕事で始めました。かあちゃんは道路工事の土方の日雇いに出ておったから、ツルハシやスコップで基礎をつくる経験があった。それから、建物の土台や浴場の基礎工事でも、セメントを練る技術があったんですな。型枠づくりをやって、川原から砂利を運んできて、セメントを練って、二人でコンクリート打ちの基礎工事をやったですな。当時は、河川の法律もいまみたいに整備されてなくて、川原の砂利を自由に利用できましたからな。

それから温泉の配管工事は、立川陸軍航空廠での技術屋の経験がありましたから、とくに苦労はなかったですな。機械いじりは好きでしたから、たいていのことは自分の手でやれたですな。

建物は大工さんを頼みましたが、それ以外はすべてかあちゃんと私の手づくりですな。浴場もタイル貼りの仕上げだけは職人さんを頼みましたが、それ以外はみんな自分の手づくりでやったわけですから、それほどおカネの投資はしなくて済みましたな。

周りの人たちは、「そのうちカマドがひっくり返る」と思って見ていたかもしれませんが、そもそもかあちゃんと私だけの手づくりで始めたわけですから、カネがかかっていなかったということですな。もともとカマドというほどのものはなかったわけだから、カマドがひっくり返るはずがないですな。

こうして最初は、男湯と女湯の浴場と、あとは六畳間の部屋が五つでしたな。開業の初日は町内の人たちを招待するところから始まりましたが、さっそくその翌日、町に送電線工事に来ていた人が泊まりにやってきてくれましたな。当時はこの町には旅館もホテルもなかったから、宿泊できるところはウチが一軒だけだったんですな。

まだ道路や自家用車がなかった時代ですからな。買い出しには、歩いて一時間かけて荷物を背負って帰るという時代でした。それでも、かあちゃんは自分で調理師免許をとって、よくがんばったと思いますな。当時は本当に、山の奥の鄙《ひな》びたところにある一軒家という感じでしたからな。

昭和四十年代というのは、素波里ダムの工事がありましたからな。あのダムの工事を受注したのは東京の鹿島建設でしたが、役人や関係者がやってくるとウチに泊まるわけですな。あとは道路工事の関係者もそうですが、長期滞在客が結構おりましたよ。ちょうど高度経済成長時代ということもあったと思いますが、お客さんはどんどん増えていったですな。それで次第に部屋が不足して、昭和四十一年、四十五年、四十九年と三回にわたって増改築していったですな。最終的には、一階は大広間が二つに客室が三部屋、二階は客室が八部屋ということになったわけです。

それから昭和四十七（一九七二）年のことでしたが、町でこの近くに町営の保養所をつくりたいということで、私の土地にボーリングを打って湯脈を共同利用することにしました。二七〇メートルほど掘ったところで、毎分六〇〇リットルの温泉が沸き出しましたな。ところが、地下で湯脈がつながっているわけですから、もとから利用していた滝の中腹に自噴する温泉の方は涸《か》れてしまったですな。

山の幸、川の幸

かあちゃんのつくる料理は地元料理でしたな。素材もすべてこの辺で採れたものですな。黄色の福寿草や赤紫のカタクリの花がいっせいに咲きだす雪解けの季節には、萌えぎ色のバッケ（フキノトウ）やタラの芽の天ぷら、コゴミやワラビのおひたし、ウドの酢味噌あえといった春の山菜が並びます。柿の若葉やコンフリー（薬用にも栽培される宿根草。ヒレハリソウ）も天ぷらにして、お客さんに喜ばれましたな。夏はヤマメ、イワナ、アユといった清流の川魚に夏野菜、タケノコを麹でつけたかあちゃんのタケノコずしは絶品でしたな。秋はナメコ、サワモダシ、マイタケといった茸の料理が並びましたな。糠漬、味噌漬、麹漬など、かあちゃんのつくった漬け物も評判でした。お客さんたちは「地元の素材による地元料理がうれしい」と喜んでくれたですな。山の幸、川の幸はいくらでもありましたからな。

ウチの裏手の銚子の滝から流れ落ちる渓流は、湯の沢川といいますが、そこの裏手の林のなかに生簀《いけす》を造りましたな。昭和四十九（一九七四）年のことです。最初にニジマスを養殖しましたな。その後も、一年魚のヤマメやイワナを放しておったですな。川魚は塩焼きがいちばんですが、ニジマスは刺し身にしてもおいしく、お客さんに喜ばれました。当時は、「滝の見える温泉宿」であり、「地元の山の幸と川の幸の手料理の温泉宿」というわけでしたな。

私は料理のことはわかりませんから、かあちゃんにいっさいまかせておったですな。たいていのことはかあちゃんが一人で切り盛りしておったですが、だんだんお客さんが増えてきて、どうしようもなくなってくると、配膳や後片付けなんかは近所のかあさんたちに手伝ってもらっておったですな。でも、料理だけは他人にまかせてはおけなかったようですな。これはどこまでも自分ひとりの仕事でしたな。料理というものはそういうものなのかもしれません。とくに手料理ですからな。

忙しいときは、かあちゃんの睡眠時間は三時間というときがいくらでもあったですな。自営業ですから、どこまでやっても、これでいいということはないんですな。仕事というのはお客さんが教えてくれますからね。料理でも料金でも「お客さんから教わった」と言っておりましたな。

入浴料だけは開業のときから百円ですな。こどもでもおとなでも、どんなひとでも百円。昭和三十九年に開業してから途中で一度も値上げしないで、いまも百円のままですな。かあちゃんは「地元の人たちを大切にしなければいけない」と言っておりましたな。農作業の田んぼからそのまま、まっすぐ温泉に入りにくる人たちもおりますからな。ですから、地元の人たちがいつでも温泉に入りやすいように、いつまでも百円のままですな。

世界遺産のブナの森

十四、五年前あたりから登山客が増えるようになりましたな。アユ釣りや渓流釣りの釣り客はそれ以前からおったんですが、登山客が増え始めたというのは、やはりブナ原生林の白神山地という自然を日本中の人びとが知るようになったからでしょうな。私は魚釣りも山登りもやりませんが、むしろかあちゃんのほうが、そういうお客さんたちから白神山地のブナ原生林の価値を教えられて、早くに知っておったでしょうな。

白神山地が世界自然遺産に指定されたのは一九九三年のことですが、その前から青森と秋田を大規模林道で結ぶという青秋《せいしゅう》林道建設問題があったりして、自然保護運動が盛り上がっておりましたからな。ですから、世界遺産になる前から、そういうお客さんたちが来ておったんですな。青秋林道の建設は結局は中止されて、逆に白神山地という名前が全国にひろまっていった。それまでにはなかったことですが、大手旅行会社から三十人だの四十人だのという宿泊予約が入ったりするようになったですな。

ところが、かあちゃんはそういう大人数の宿泊予約は歓迎しなかったですな。カネが儲《もう》かればそれでいいというものではないですからな。かあちゃんは、「あんまり大勢のお客さんは来てほしくない、山が荒らされてしまえば元も子もなくなる」と言っておりましたな。それで個人客や少人数の宿泊予約だけを受け入れておりましたな。

そういうお客さんは毎年みたいに、ふるさとに帰るみたいにウチに来てくれました。毎日忙しくてどこへも行けなかったかあちゃんも、家族のようなお客さんが来てくれるものだから、どんなにか励まされたことでしょうな。かあちゃんは、「本当に山や川が好きな人だけが来てくれればいい」と言っておりましたな。

院内《いんない》台の沼にはいまもカモが渡ってきます。近くの田んぼでも、つがいの白鳥が休んでいたりしますな。サギもいますが、昔から平気で人家の近くでドジョウだの雑魚《ざっこ》だのツブ（タニシ）だのを食べるものだから、嫌われておりましたな。二百年前の旅人の菅江真澄が来た頃には、サギとともにトキもいたそうですな。

この辺には、アナグマ、キツネ、テンなどの動物もおりますな。キツネに飼っておった鶏をやられたこともあったし、泳ぎのうまいテンに生簀《いけす》のなかの魚をとられたこともありました。みな賢い動物たちで、人間と知恵くらべですな。ところが、最近では、クマやカモシカやサルまでも、こんな里山まで下りてくるようになった。広葉樹を伐採すると、動物たちの食べ物がなくなっていくんですな。人間がどんどん奥山まで入り込むようになると、動物たちが今度は逆に里山まで下りてくるようになるんですな。そういう意味では、山はひどく荒れたと言えるでしょうな。

白神山地のふもとにて

水がすべてなんですな。いい水とわるい水がありますからな。いい水を確保することがすべての始まりですな。昔は山のなかを歩き回っていると、いたるところに湧き水があったものですよ。いい水が湧き出るところにはヨコムシ（小さなエビのような虫）が棲んでいましたな。

峨瓏峡にしたところで、私どもが子どもの頃は、ほんとうに鬱蒼《うっそう》とした針葉樹と広葉樹の原生林でしたよ。こんな里山でもあのような凄い原生林地帯であったんですな。それが森林軌道を敷いて、木を伐り出した。渓流も素晴らしい流れだったが、土砂が流れ込んでしまって、流れがほそくなってしまった。昔の峨瓏峡の滝の水量はもっと凄いものでしたよ。

冬に備えての焚き木は、戦後、国有林であった峨瓏峡の広葉樹を払い下げてもらい、集落単位で力を合わせて運びましたな。秋の彼岸の頃、あらかじめ柴で道を覆っておきます。雪深い三月に柴を引っ張ると、その下の土が現われて道ができるんですな。

木を伐る場所は、それぞれくじ引きで決めましたな。誰でも、伐り出しやすい場所の木がほしいですからな。ナラ、クヌギ、カエデ、ブナといった木を鋸で二尺六寸（一尺は約三〇・三センチ）くらいの長さに切って、それを四乳《よっち》という橇《そり》につけ、私が先導し、かあちゃんが後ろに乗って、ブレーキの役目をしながら運んでくるんです。それを積んでひと棚（高さ五尺、幅二十尺くらい）にまとめます。そうして夏の間に自然乾燥して、薪に割り、次の冬の焚き木とするわけですな。

炭でも薪でも、厳しい冬越しの生活の必要から木を伐り出すのは、たかが知れた量です。大木は伐りませんからな。若い木だと、その伐ったところからまた新芽が出てきますからね。炭焼きでも、ナラの木の新芽を絶やさないように木を伐り出しますな。

かあちゃんが病気になったのは、亡くなる二年くらい前でしたな。働き過ぎだったんでしょうな。病気になってから療養生活をしているとき、こどもの頃の苦労話を初めて聞かされたんですが、よほどの苦労人だったんですな。十八歳で嫁にきて四十九年ですか、六十七歳の冬、二月十一日に亡くなったですな。早いものでもう二年になりますな。

かあちゃんは料理だけは私にも誰にも触らせませんでしたから、もうあの手料理は出せなくなりましたので、お客さんたちには残念がられましたな。去年のことでしたが、「おばさんの味が懐かしい」と言うなじみのお客さんに言われまして、漬け物小屋へいってみたんですよ。もう五、六年にもなるんですが、かあちゃんが漬け込んだフキの塩漬けがまだあるんです。塩がたっぷりかけてあって重石《おもし》もかなり重たいですから、綺麗なフキ色もそのままに、まだもっているんですな。そのお客さんはかあちゃんに習ったのか、裏の渓流にそのフキをさらして塩抜きしてみたんですな。どんな塩蔵の漬け物でも、綺麗な流水に半日もさらしていれば完璧に塩抜きはできますからな。それで煮つけを作って食べてみたところ、これがシャキッとして、とても香ばしくてうまかったと言って喜んでましたな。

かあちゃんは白神山地の自然が好きでしたな。釣瓶落《つるべおとし》峠の紅葉や、藤駒岳へいく途中のブナ原生林に包まれた湿原のニッコウキスゲの群落を、山へ登る人たちに連れていってもらって初めて見たときがあったようです。よほど感動したらしくて、本当に喜んでおったですな。

地元の人たちが家族で毎日でも入れるようにと、入浴料は百円のまま値上げしないというのは、かあちゃんの遺言みたいになってしまいましたな。お客さんのなかには、百円は安いから値上げすればいいと言ってくれる人もいるんですが、これからもずっと百円のままですな。

藤駒荘（小坂たまみ撮影）

あとがき

白神山地の山麓で鄙《ひな》びた温泉宿「藤駒荘」を、妻と二人で始めてから三十七年になろうとしております。苦労をともにした妻エミは二年前に六十七歳で亡くなりました。山登りや釣りのお客さんたち、また白神山地のブナの森を散策したいと訪ねて下さったお客さんたちに勧められて、白神山地の山麓での昔の暮らしぶりと、妻といとなんだ手づくりの温泉宿の思い出を小さな一冊にまとめました。

文章など書いたことのない私の話を聞き書きして下さいました小坂たまみさんに、亡き妻とともに心から御礼を申し上げます。小坂たまみさんは「藤駒荘」の傍らに借家しながら、森の小さな手づくり旅行社である「白神山地きみまち舎」を準備中ですので、本書のことも含めまして、お問い合わせは「白神山地きみまち舎」（小坂たまみ方、ＦＡＸ番号〇一八五・七九・二二八二）にお願い申し上げます。

小さな本書を素晴らしい白神山地の四季の写真で飾って下さいました地

元の鎌田孝一さん、孝人さん父子に厚く御礼を申し上げます。また、出版を勧めて下さいました簾内敬司さん、出版を引き受けて下さいました影書房の皆さんに心から御礼を申し上げます。

最後に、妻エミが生前、お世話になりましたすべての方たちにも御礼を申し上げます。

二〇〇一年二月十一日　妻の命日に

土佐誠一

土佐誠一（とさ　せいいち）
1926（大正15）年秋田県に生まれる。
精米業をいとなむかたわら，妻エミと
ともに温泉宿「藤駒荘」を開業し，
現在に至る。
現住所＝秋田県山本郡藤里町
下湯の沢62

白神山地《しらかみさんち》　鄙《ひな》の宿《やど》

二〇〇一年三月一二日　初版第一刷

著　者　土《と》佐《さ》誠一《せいいち》

発行所　株式会社　影書房

発行者　松本昌次

東京都北区中里二—三—三

久喜ビル四〇三号

電　話〇三—五九〇七—六七五五

ＦＡＸ〇三—五九〇七—六七五六

振替〇〇一七〇—四—八五〇七八

本文印刷＝新栄堂

装本印刷＝美和印刷

製本＝美行製本

定価一、五〇〇円＋税

ISBN4-87714-279-7　C0095